BIBLIOTHÈQUE DE LA JEUNESSE CHRÉTIENNE
SÉRIE PETIT IN-12

CONTES

D'ORIENT ET D'OCCIDENT

PAR

JEAN GRANGE

TOURS

ALFRED MAME ET FILS

ÉDITEURS

BIBLIOTHÈQUE DE LA JEUNESSE CHRÉTIENNE

SÉRIE PETIT IN-12

BIBLIOTHÈQUE

DE LA

JEUNESSE CHRÉTIENNE

APPROUVÉE

PAR Mgr L'ARCHEVÊQUE DE TOURS

—

SÉRIE PETIT IN-12

Contes d'Orient.   1

OUVRAGES DU MÊME AUTEUR

Chez HATON, 33, rue Bonaparte, à Paris

———

CONTES
D'ORIENT ET D'OCCIDENT

PAR

JEAN GRANGE

TOURS
ALFRED MAME ET FILS, ÉDITEURS
—
1878

LA

VALLÉE DU BONHEUR

LA

VALLÉE DU BONHEUR

———— •— ————

Ali-ben-Hadji n'avait eu qu'une ambition en sa vie : trouver le parfait bonheur. Comme son père était jardinier,
il conduisit longtemps aux marchés de
Constantinople un âne chargé de fruits

et de légumes. Vous comprenez bien que
ce n'était pas dans le pas d'un âne qu'Ali
pouvait trouver le parfait bonheur. Il fit
le pèlerinage de la Mecque. Un jour que
le soleil dardait sur la caravane des
rayons de plomb fondu, et que le puits
auprès duquel on s'était arrêté se trou-
vait à sec, Ali partageait fraternellement
quelques gorgées d'eau restées au fond
de sa gourde avec un riche musulman en
train de mourir de soif.

Un bienfait est toujours perdu; il n'en
fut pas ainsi pour cette fois. De retour à
Constantinople, le musulman, qui avait
bon cœur et le bras long, fit nommer
Ali-ben-Hadji pacha. De gouverneur d'un
âne passer tout à coup gouverneur d'une
province, c'est de l'avancement. Pourtant
Ali ne trouva pas le bonheur dans sa nouvelle position. Il ne tarda pas à en devi-
ner la cause. Il n'était pacha qu'à une

queue, comme qui dirait préfet de troisième classe. Comment voulez-vous qu'un
pacha soit heureux dans ces conditions!

Avec du zèle et du savoir-faire, les
deux autres queues arrivèrent, et Ali se
crut pour tout de bon au comble de ses
vœux. Hélas! il en fallut rabattre, et reconnaître que le parfait bonheur n'est
pas attaché aux trois queues d'un pacha.
Il devint évident pour Ali qu'il n'y avait
dans tout l'empire qu'un homme heureux, à savoir le grand vizir.

Attraper le grand vizirat est aussi facile
qu'accrocher une étoile; Ali allait donc
renoncer au parfait bonheur, lorsque
survint un événement très-grave. Le cui-
sinier du commandeur des croyants vint
à mourir. Il faut savoir que le successeur
du Prophète était très-friand d'un certain
mets : or le maître-queux défunt n'avait
pas son pareil pour accommoder ce mets.

Lui mort, qui le remplacerait? Il vint de toutes les provinces de l'empire des cuisiniers à foison qui essayèrent, sans y réussir, de préparer le plat favori du sultan.

Ali se dit qu'il serait fort étonnant qu'un homme qui tenait les rênes d'une grande province ne pût pas tenir la queue de la poêle. Pendant quarante jours et quarante nuits, il resta courbé sur les casseroles. Jamais alchimiste n'a cherché la pierre philosophale avec plus d'ardeur que le pacha cherchait la sauce très-précieuse. Enfin elle fut trouvée, et le commandeur des croyants en fit ses délices. Du coup, Ali fut nommé grand vizir. Quelques semaines étaient à peine écoulées qu'il fut obligé de reconnaître que le grand vizirat et le parfait bonheur étaient des choses différentes, pour ne pas dire incompatibles.

Il convoqua tous les sages du pays et s'enquit auprès d'eux des voies et moyens d'arriver à la félicité.

Un vieux derviche assura que, pour obtenir ce bonheur, il suffirait de boire dans l'écuelle d'un homme heureux.

« Je trouverai cet homme et son écuelle ! » s'écria Ali.

Il résolut de commencer ses recherches par le trône même. Tout grand vizir qu'on est, on ne peut pas aller dire de but en blanc au souverain du Bosphore : « Êtes-vous heureux? et prêtez-moi votre écuelle. » Ali temporisa, louvoya, guetta l'occasion. Un jour que son auguste maître était en veine d'amabilité, il le fit causer; et quel ne fut pas son étonnement quand le sultan lui avoua qu'il s'ennuyait à mourir, et qu'il aurait donné vingt fois sa démission sans la crainte trop fondée qu'il avait d'être étranglé par son successeur !

Inutile de boire dans l'écuelle de cet homme, pensa Ali, et il chercha ailleurs.

L'héritier présomptif, le commandant en chef des armées de terre, le grand amiral, le muphti, les ministres, les ambassadeurs, les pachas de toutes les queues finement interrogés avouèrent qu'ils étaient plus ou moins malheureux.

« Allons ! dit Ali, je vois bien que l'homme heureux est rare ; il doit exister pourtant. Je vais me mettre en route et le chercher partout. Je le trouverai, dussé-je aller aux extrémités de l'empire, en frappant à toutes les portes. »

La difficulté était de se débarrasser du grand vizirat. Ali fit coup sur coup trois grosses boulettes politiques, espérant être renvoyé; son crédit augmenta.

Poussé par le désespoir, il résolut de manquer à dessein le plat destiné à la table impériale; vingt-quatre heures après, le Moniteur de la Corne-d'Or annonçait que le grand vizir Ali-ben-Hadji était mis en disponibilité.

L'ex-grand vizir voyagea pendant cinq ans et parcourut en Europe, en Asie et en Afrique les vastes contrées soumises au sceptre de l'islamisme. Les villes populeuses, les bourgades, les hameaux, les montagnes, les vallées, les forêts, les déserts, tout fut par lui visité et exploré : il ne trouva partout que des malheureux. On eût fait des rivières avec les larmes, les sueurs et le sang qu'il vit verser sous le soleil.

Épuisé de fatigue, il allait renoncer à ses recherches, lorsqu'on lui apprit qu'il y avait, au fond du Farsistan, une petite vallée habitée seulement par des laboureurs et des bergers. Le printemps y était perpétuel, et les mœurs aussi douces que le climat. Ce sol fortuné ne connaissait ni les impôts, ni les armées, ni les procès, ni les prisons, ni les famines, ni les épidémies. La mort même s'y montrait clémente : sa faux respectait l'enfance, la jeunesse, l'âge mûr, et ne frappait guère que des vieillards, pour qui ses coups étaient des bienfaits. Pour trouver un homme heureux dans ce coin de terre, Ali n'avait qu'à étendre la main.

Tels étaient les dires.

Ali-ben-Hadji reprit son bâton et s'achemina vers la vallée du Bonheur. Il y parvint après une longue marche.

« Allah, s'écria-t-il en la voyant, tu as laissé tomber là un morceau du paradis ! »

De hautes montagnes protégeaient la vallée contre les vents glacés du nord et les feux brûlants du midi. Un fleuve aux eaux calmes et bleues coulait entre deux rives enchantées : des champs, des prairies, des vignes, des vergers se déroulaient au loin formant un tapis de moissons, de fruits et de fleurs. Mille cabanes, dispersées çà et là, élevaient leurs jolis toits de chaume au-dessus des bocages. Partout des frémissements de feuilles, des bruissements d'ailes, des gazouillements d'oiseaux, des bêlements de troupeaux, partout des chants de fêtes.

Ali quitta ses sandales en mettant le pied sur le seuil de ce temple du bonheur.

A peine avait-il fait quelques pas, qu'il rencontra une femme couverte de lèpre qui lui demanda l'aumône.

« Hum! fit en turc l'ancien pacha, voici une tache dans ce beau tableau. »

Un peu plus loin il se croisa avec deux soldats qui conduisaient, le cimeterre au poing, un homme chargé de fers dont le visage respirait le crime.

Allons! dit-il très-découragé, il faut en rabattre! et il reprit ses sandales; aussi bien le pavé du temple du bonheur était couvert d'épines et de cailloux pointus.

Ali entra dans une cabane pour demander l'hospitalité. Une jeune vierge, couronnée de roses blanches et plus blanche que sa couronne, était étendue morte sur sa couche. La mère se meurtrissait le sein et se répandait en plaintes.

On m'avait trompé, dit Ali en soupirant; ce sol que je foule ne contient pas plus d'hommes heureux que le reste de

la terre. Allons plus loin, ou plutôt plan-
tons ici notre tente; toutes les vallées
se ressemblent et sont des vallées de
larmes.

———

LA

COQUILLE DE NOIX

LA
COQUILLE DE NOIX

—·—

Un roi de Perse, étant rassasié de gloire et de plaisirs, s'adonna en ses vieux jours à la sagesse. Il s'entoura de philosophes. Tous ceux qui voulurent lui plaire durent cultiver leur barbe et la philosophie. On n'arrivait au cœur du prince que par ce chemin ; aussi les plus jeunes courtisans perdirent-ils leurs airs évaporés, qui furent remplacés par une gravité précoce.

Le grand échanson, le grand panetier, le maître des cérémonies, le gouverneur des éléphants, le bourreau en chef marchaient sur les traces de Zoroastre, de Socrate et de Platon. Plus de bruits de guerre et de fêtes, mais de doctes et austères entretiens dans lesquels étaient agités, sinon résolus, tous les problèmes qui importent à la perfection et au bonheur de l'humanité.

Or il arriva que ce roi eut un songe qui l'inquiéta beaucoup. Pendant sept nuits consécutives, il aperçut une coquille de noix pleine d'eau.

Qu'est-ce que cela pouvait signifier?

Le roi assembla tous les philosophes de son empire : aucun d'eux ne put lui interpréter ce songe. Il fit alors annoncer dans toute la Perse qu'il donnerait mille bourses, son palais de Chiraz, et sa quatorzième fille, à l'homme, jeune ou

vieux, noble ou roturier, qui explique-
rait le mystère de la coquille de noix
pleine d'eau.

Cette nouvelle arriva jusqu'au fond du
Farsistan et parvint aux oreilles d'un
jeune berger, beau comme le jour, aussi
pauvre que Job et plus sage que Salomon.
Il laissa sa cabane et son troupeau de
chèvres et partit pour Ispahan. Arrivé
aux portes du palais, il s'annonça comme
un homme à qui Zoroastre avait donné
l'explication du songe du roi.

Le monarque persan se fit aussitôt amener le berger, qu'il reçut étant sur son
trône et entouré de ses philosophes.
Ceux-ci rirent silencieusement dans leurs
grandes barbes en apercevant ce jeune
rustre vêtu d'une peau de mouton, avec
des sandales d'écorce aux pieds et une
forêt de cheveux ébouriffés.

Le berger, après s'être prosterné trois

fois et avoir baisé le bout du sceptre d'or qui lui était tendu, se releva et dit :

« Grand roi, votre songe est facile à interpréter. Cette coquille de noix pleine d'eau représente les larmes que vous avez fait verser depuis trente ans que vous êtes sur le trône. »

Le roi sourit et fut très-satisfait.

Il y avait de quoi.

Avoir tant de millions de sujets, régner depuis trente ans et s'entendre dire de la part de Zoroastre que toutes les larmes qu'on a fait verser tiendraient dans une coquille de noix !

Les courtisans, les philosophes surtout, poussèrent des cris d'admiration et déclarèrent que le berger était, à lui seul, plus sage qu'eux tous.

Le berger toucha donc mille bourses, reçut le magnifique palais de Chiraz, et épousa la quatorzième fille du roi.

Celui-ci, cependant, ne tarda pas à faire des réflexions.

Il pensa que pendant trente ans il avait fait assez injustement la guerre à une douzaine de peuples et gagné ou perdu cent batailles, dans lesquelles les morts étaient tombés par milliers; or, quand on ne compterait que les larmes des mères, elles ne pourraient pas loger dans une coquille de noix.

Quelques mois avant le songe, un paysan avait été, pour une légère injure à la majesté royale, empalé tout vif, malgré les supplications de sa mère, qui s'était traînée aux pieds du monarque. Le tapis sur lequel la pauvre femme s'était prosternée avait été inondé de larmes. Est-ce que ces larmes ne suffisaient pas à elles seules à remplir la coquille de noix?

D'ailleurs, — et c'est décisif, — après l'interprétation du berger, la coquille de

noix continua à troubler le sommeil
royal. Les philosophes ne savaient plus
comment tranquilliser et consoler leur
maître. Plusieurs, qui avaient encore des
cheveux, se les arrachaient de dépit et
de désespoir.

Alors vivait à Bagdad un homme re-
nommé pour sa sagesse et sa piété.

Le roi lui députa le grand échanson,
avec cent esclaves, quatre-vingts droma-
daires, trente chevaux, dix éléphants
tout harnachés, une douzaine de tapis
de soie, deux douzaines de flacons d'eau
de rose, quantité d'éventails à manche
d'ivoire et en plumes de phénix, une
tonne d'or, vingt livres de musc, dix
livres de poivre et un titre de noble de
première classe écrit de la main même
du roi.

Le sage repoussa tous ces présents;
cependant, sur les instances du grand

échanson, afin de ne pas se montrer impoli, il accepta une once de poivre, pour accommoder le cresson dont il faisait sa nourriture habituelle.

Il consentit à se rendre à Ispahan. Dès qu'il fut arrivé, le roi le reçut dans la salle du trône, où se tenaient déjà tous les philosophes et les grands dignitaires de la cour.

« Que signifie, dit le roi, cette coquille de noix pleine d'eau qui vient depuis si longtemps troubler notre royal sommeil?

— Seigneur, répondit le sage, voici la véritable interprétation de ton songe :

« La coquille de noix pleine d'eau représente toutes les larmes que les philosophes ont essuyées et consolées depuis qu'il y a des hommes qui pleurent, et même elles logeraient dans une coquille de noisetier.

« Pour consoler l'homme, deux grains

de religion sont préférables à cent bois-
seaux de maximes philosophiques. »

Le roi garda pour lui ses réflexions.
La nuit suivante, il dormit paisiblement,
sans rêver de coquilles de noix. Pareille
chose ne lui était pas arrivée depuis deux
ans. Il comprit alors que l'interprétation
du sage vieillard était véritable. Il pensa
à favoriser la religion, qu'il avait né-
gligée jusque-là, et congédia tous ces
philosophes, qui n'avaient d'austère que
l'habit, et qui le grugeaient en l'en-
nuyant.

LE ROI

DES ILES CANARIES

LE ROI

DES ILES CANARIES

—

Un gentilhomme, nommé Hector de Boisbrûlé, avait longtemps guerroyé sans rien rapporter de ses expéditions que de nombreuses blessures qui lui valurent, vers cinquante ans, de magnifiques cica-trices et force rhumatismes, tant aigus que chroniques. C'était une maigre retraite, et le pauvre gentilhomme, trop fier et trop simple pour se faire courtisan, mourait à peu près de faim, au fond du Poitou, en son castel délabré. Un de ses tenanciers, appelé Guillot, lequel s'était enrichi dans le négoce, pendant que son seigneur se ruinait à la guerre, proposa au sire de Boisbrûlé de refaire sa fortune par des opérations commerciales. Mais Hector rejeta ce conseil.

Un projet lui sourit : ce fut de passer aux Grandes-Indes. Les Français s'y battaient, et, quoique Hector eût cinquante ans sonnés, il se sentait capable de donner un vigoureux coup de main à ses compatriotes. Il y avait bien ses rhumatismes; mais qui sait si le changement d'air et un nouveau climat ne seraient pas plus salutaires que nuisibles? Notre héros s'embarqua. Ses malles n'encombrèrent pas le navire. Quelques hardes, sa bonne épée, et le portrait en miniature de feu son épouse; c'était tout. J'oubliais une cage à chats. Minet et Minette étaient bien le plus beau couple de chats qu'on pût voir : Hector n'eut pas le courage de s'en séparer, et ils suivirent sur les flots inconstants la fortune de leur maître.

Le Jacques-Cœur (c'était le nom du vaisseau) se gouverna sans encombre jusqu'en vue des îles Canaries. Arrivé là, il passa trop près d'un écueil, s'ouvrit, s'emplit d'eau, et s'enfonça dans la mer. Tout l'équipage se noya, à l'exception d'Hector, qui fut assez heureux pour gagner à la nage la rive prochaine. Une lame intelligente y jeta également Minet et Minette, affreusement mouillés et poussant des miaulements lamentables. Comme le sire de Boisbrûlé portait sur lui ses meilleurs habits, qu'il avait son

épée au côté et le portrait de sa défunte
sur son cœur, il ne perdit rien dans ce
terrible naufrage. Il ne nageait pas mieux
que ses compagnons : ce fut sa pauvreté
qui le sauva. Pendant que le capitaine,
passagers et matelots perdaient la tête et
le temps à rassembler ce qu'ils avaient
de plus précieux, le gentilhomme poitevin, sûr de ne rien laisser derrière lui,
fit un signe de croix, recommanda son
âme à Dieu, et, se jetant à l'eau, travailla
activement à sauver son corps. Preuve
nouvelle que la richesse a des inconvé-
nients, et qu'on a eu souvent à s'ap-
plaudir d'être comme Bias le philosophe,
et de porter avec soi toute sa fortune. Il
est vrai que si Hector avait eu sur son
cœur, à côté du portrait de sa femme,
une bonne liasse de billets de banque,
cela ne l'eût pas empêché de nager ; sans
compter que s'il eût possédé la liasse, il

serait resté en son manoir du Poitou, à l'abri des accidents de mer et loin des îles Canaries. Que de réflexions oiseuses pendant que le pauvre naufragé grelotte, tout trempé, sur le rivage !

Le roi des îles Canaries, nommé Cocambo, accueillit humainement Hector : il lui fit donner des habits, des vivres et un logement. Bientôt le bruit courut, dans la capitale, que le sire de Boisbrûlé possédait deux animaux nommés Minet et Minette. Cocambo, qui était curieux et n'avait que de rares occasions de satisfaire sa curiosité, vu l'étroitesse de son royaume et la ceinture d'eau salée qui l'entourait, se fit apporter la cage à chats et admira beaucoup la gentillesse de Minet et de Minette. Cette admiration devint de l'enthousiasme lorsque, Hector ayant ouvert la porte de la cage, les deux chats se précipitèrent sur quelques

souris qui, sorties de leur trou, se pro-
menaient dans l'appartement royal et jusqu'aux abords du trône. Les souris furent
étranglées et dévorées en un clin d'œil :
tant est glissant et dangereux le pavé des
cours !

Il faut dire, pour l'intelligence de cette
histoire, que les chats étant inconnus
aux îles Canaries, les rats y pullulaient :
rats gris, rats blancs, rats noirs, rats
musqués, rats d'égouts, rats de villes,
rats des champs, mulots, surmulots,
rats de toute race, de toute robe et de
toute taille infestaient le pays. En quelques heures Minet et Minette firent un
horrible carnage. Le roi était dans l'en-
chantement. On pouvait espérer que les
chats se multiplieraient promptement
dans le royaume et le purgeraient des
rongeurs qui en étaient le fléau.

« Monsieur de Boisbrûlé, dit le roi,

voulez-vous me vendre vos deux chats, et fixer vous-même le prix que vous en désirez? — Sire, répondit le gentilhomme, j'ai refusé dans mon pays de faire le négoce, ce n'est pas pour venir ici vendre des peaux de chats. Si Minet et Minette vous plaisent, veuillez les accepter comme une faible marque de ma reconnaissance pour l'hospitalité que vous m'accordez. »

Le roi remercia Hector; les chats furent remis dans leur cage, et confiés au ministre de l'intérieur, qui en répondit sur sa tête.

On sait que les souverains ont coutume d'envoyer une tabatière d'or, plus ou moins garnie de brillants, à ceux qui leur ont rendu service, et surtout à ceux qui leur ont fait plaisir. Le roi des îles Canaries ne manqua pas à cette coutume; seulement, comme le tabac était inconnu dans ses États, la tabatière fut remplacée par une magnifique chaîne d'or entremêlée de gros diamants et de perles de la plus belle eau. Ce don vraiment royal était en France une fortune. Le gen''-homme poitevin, blessé dans sa fierté, et craignant qu'on ne le soupçonnât d'une vile spéculation, accourut au palais pour rendre la chaîne. Le roi insista; mais Hector continua à refuser. Cocambo entra dans une grande colère et murmura le mot de prison. Le naufragé vit que les choses allaient se gâter, et, pour sauver sa liberté, se passa la chaîne au cou.

A quelques jours de là, Cocambo, de jour en jour plus charmé du présent que lui avait fait le sire de Boisbrûlé, lui envoya un boisseau de pièces d'or, avec ordre d'accepter sous peine d'encourir le mécontentement royal.

Cependant, malgré les heureux changements survenus dans sa fortune, Hector s'ennuyait. Que de fois sous ce climat enchanteur, et au milieu des bosquets de citronniers et d'orangers, il lui arriva de regretter le ciel gris, les grands chênes et les bruyères du Poitou! Il était rare qu'il ne se rendît pas chaque jour à l'extrémité d'un petit cap tourné du côté de la France. Il s'asseyait là de longues heures, suivant du regard, dans le ciel et sur l'Océan, les nuages et les flots qui semblaient s'en aller vers la terre natale. Ceux qui ont osé écrire que l'amour de la patrie était un sentiment presque moderne et très-peu développé avant 1789 ont calomnié leurs ancêtres. C'étaient, je crois, d'assez bons Français que saint Louis, du Guesclin, Jeanne d'Arc, Bayard, Jean Bart et mille autres.

Parm ces mille autres il faut mettre le sire de Boisbrûlé.

Les îles Canaries n'étaient visitées qu'à de longs intervalles par de grandes embarcations. Tous les deux ou trois ans, un navire venait y faire sa provision d'eau ou se pourvoir d'un mât de rechange. Lassé d'attendre, le gentilhomme poitevin était sur la pente de quelque folie : il songeait à partir sur une barque de pêche, à construire un radeau, ou à gagner à la nage un des rares vaisseaux qui passaient à l'horizon. Enfin, un navire entra dans le port ; lorsqu'il en sortit, il emportait vers la côte de France Hector de Boisbrûlé.

Avec quelle joie il revit la terre grise et terne du Poitou, la grande avenue qui conduit au château, la lande toute jaune d'ajoncs et le manoir lui-même ! Pauvre

castel ! il était temps que son maître ar-
rivât. Les uns emportaient un chevron,
les autres une poutre; celui-ci, après
avoir enlevé la serrure, s'enhardissait et
revenait chercher la porte; celui-là s[e]
faisait un gîte dans la tour ou dans l[a]
salle d'armes. La présence d'Hector chas[se]
du nid d'aigle tous ces vautours. Grâ[ce]
aux présents du roi des îles Canaries, [le]
manoir reprit sa physionomie des me[il]-
leurs jours. Les terres environnantes [fu-]
rent rachetées; l'écurie eut des cheva[u]x
et le chenil des lévriers; la huche e[t l]a
cave s'emplirent de provisions. Avec l[']a[-]
bondance les amis revinrent : on enten[d]it
le son du cor dans les grands bois, [le]s
aboiements de la meute et les cris d[es]
chasseurs. L'immense et vieille chemin[ée]
flamba devant les quartiers de chevreu[i]l
embrochés. Les pauvres ne furent pas
mis en oubli, et les deux plus grosses

perles de la chaîne d'or ornèrent le vieux
calice d'argent massif de l'église parois-
siale.

D'où venait cette richesse subite? Nul
ne le savait; mais les plus mauvaises
langues étaient prêtes à jurer que la
source en était pure, tant l'honnêteté du
gentilhomme poitevin était bien établie!

Un jour, pressé de questions, et à la
suite d'un repas copieux et largement
arrosé, le bon gentilhomme laissa tomber
son secret dans l'oreille d'un paysan
aussi dissimulé que cupide. Cet homme
de bien n'était autre que Guillot, l'ancien
tenancier, celui-là même qui avait con-
seillé à Hector d'entrer dans le commerce.

Peste! se dit à part lui Guillot, des
perles, des diamants, une chaîne d'or
et un boisseau de ducats pour deux malheureux chats! le troc est bon! Guillot,

mon ami, vous seriez un sot de ne pas aller faire visite à un roi aussi généreux. Le trajet est long et présente des dangers, dit-on ; j'ignore aussi où se trouvent ces îles Canaries ; mais je m'informerai et je serai prudent. Qu'est-ce que je pourrai bien offrir à ce roi sauvage ?

Il se décida pour deux chevaux royalement harnachés, qui lui coûtèrent cinq cents pistoles. Il ne lui fallut guère moins d'argent pour fréter un navire. Ces préparatifs achevés, Guillot s'embarqua et arriva sain et sauf aux îles Canaries.

Il y a des chevaux dans ce pays ; mais ils sont laids, petits, à demi sauvages, et ne ressemblent guère aux deux pur-sang amenés par Guillot. Cocambo se montra d'autant plus flatté du présent que le cadeau était assaisonné de compliments des plus délicats. Guillot se compara à la reine de Saba, et assura qu'il était venu aux îles Canaries uniquement afin de voir de ses propres yeux ce que la renommée publiait partout de la sagesse et de la magnificence du nouveau Salomon.

Cocambo ne pouvait se laisser vaincre en générosité. Il chercha longtemps ce qu'il donnerait en échange des deux chevaux reçus. Après y avoir longtemps réfléchi, il envoya à Guillot un des chats offerts par Hector de Boisbrûlé. S'il avait eu quelque chose de plus précieux, le généreux monarque l'eût donné certainement.

Guillot, furieux, se rembarqua le lendemain sans voir ni saluer personne. C'est depuis ce temps qu'on dit d'un homme qui part en oubliant de dire adieu aux gens de la maison : « Il a emporté le chat. »

L'AUBERGE

DE SAINT-BONIFACE

L'AUBERGE

DE SAINT-BONIFACE

———

J'ignore ce que les chemins de fer, le zollverein et les fusils à aiguille ont fait de la principauté de Bliddersheim; mais quel beau et plantureux pays c'était il y a quarante ans! On n'eût pas trouvé dans toute l'Allemagne des plaines plus fertiles, des coteaux plus riants et de plus frais vallons. Un château, vrai joyau de

la renaissance, mirait dans un délicieux
lac bleu quatre tourelles découpées et
festonnées à plaisir. Le château était ha-
bité l'été par le prince Ernest XXIII;
l'hiver, le souverain résidant à Paris, la
principauté se gouvernait toute seule.
L'armée, en y comprenant la *landwehr*
et le *landsturm*, allait bien à cent hommes
presque tous armés de fusils.

Ce petit coin de terre de dix lieues
carrées avait pris, je crois, à bail la rosée
du ciel et la graisse de la terre. Impossible d'y trouver un mendiant et un hail-
lon. A défaut de lait et de miel il y coulait
des ruisseaux de vin, et quel vin! il est
digne d'être bu par les Français au lieu
d'arroser ces gosiers allemands.

Bliddersheim avait conservé, avec la
foi catholique, des mœurs pures et pa-
triarcales; seule l'ivrognerie faisait quelques ravages. Ernest XXIII résolut de

combattre ce vice, qui ternissait les qua-
lités de ses sujets. Il remit en vigueur la
loi qui ordonnait de fermer les cabarets
à certains jours et à certaines heures.
Ainsi traqués, les ivrognes se corrigèrent,
ou furent obligés de s'enivrer tristement
à huis clos. Douze d'entre eux pourtant
résistèrent à la loi et continuèrent, sous
la conduite d'un juif nommé Hermann,
de se réunir dans l'auberge de Saint-Boniface. Condamnés trois fois à l'amende,
ils payèrent l'amende trois fois et se re-
mirent à boire aux heures défendues.

Le prince, justement irrité, réunit
son conseil. Il fut question de mettre les
délinquants en prison; mais le chance-
lier fit remarquer : 1° que ce n'était pas
l'usage; 2° que le geôlier, mort depuis
un an, n'avait pas encore de successeur;
3° que la prison était en réparation et
manquait d'une porte solide et de fenê-

tres grillées. Le prince leva là-dessus la séance, en déclarant qu'il aviserait.

Le dimanche suivant, il s'enveloppa d'une grande redingote grise et se rendit vers onze heures de la nuit à l'auberge de Saint-Boniface. Nos douze ivrognes y étaient encore. Quelles faces rubicondes! quels nez bourgeonnés!

Le prince s'arrêta au seuil de la salle, et l'épais nuage de fumée qu'exhalaient douze pipes allemandes le rendit invisible à ses sujets rebelles.

« Amis, criait Hermann, une espèce d'hercule dont le ventre devait contenir un muid, amis, buvons un coup de plus et ne nous mettons pas à la nuit. Il faut respecter la loi. Garçon, apportez le broc des dimanches. »

Le garçon entra, tenant entre ses bras une énorme cruche remplie de vin. Hermann s'en saisit, et, dédaignant de se servir d'un verre, il but longtemps au goulot avec la volupté d'un homme qui meurt de soif. Il s'arrêta enfin, et donna la cruche à son compagnon le plus rapproché, en disant :

Fais passer ça à ton voisin.

La cruche circula et revint à sec aux mains du garçon.

« Et maintenant, amis, le coup de l'étrier ! »

Une autre cruche fut apportée, et les buveurs se la passèrent de mains en mains, en répétant : *Fais passer ça à ton voisin.*

Le prince était furieux ; il se rapprocha des ivrognes et ouvrit sa redingote. A l'aspect de leur souverain, les Allemands firent mine de se lever ; mais Ernest XXIII les cloua sur leurs bancs d'un geste souverain, et administrant un vigoureux soufflet à Hermann :

« Tiens, dit-il, fais passer ça à ton voisin. »

Le colosse rendit à son compagnon le plus rapproché le soufflet qu'il tenait du prince, et nos douze ivrognes se souffletèrent à qui mieux mieux.

« Cela, dit le prince, c'est le broc des dimanches ; voici maintenant le coup de l'étrier ; » et il donna au chef des buveurs la plus belle gifle qui ait été octroyée *proprio motu* et de main princière. Quoiqu'il eût l'air de rire, Ernest XXIII ne plaisantait pas, et le second soufflet dut être rendu aussi consciencieusement qu'il avait été donné.

Nos ivrognes, bien dégrisés, regagnèrent tout penauds leurs logis. Le cabaret de Saint-Boniface fut fermé pendant six mois. Lorsque le prince en autorisa la réouverture, il lui ôta le nom qu'il portait. A la place du tableau posé au-dessus de la porte et représentant saint Boniface, l'apôtre de l'Allemagne, Ernest XXIII fit mettre une enseigne sur laquelle on voit douze hommes assis autour d'une table chargée de brocs, et s'administrant à tour de bras de vigoureux soufflets.

En face des douze buveurs un homme vêtu d'une redingote grise se pâme de rire.

———

LE BUCHERON

LE BUCHERON

—

Un bucheron ne possédait au monde
que sa cognée. C'est un outil très-propre
à fendre le bois, mais qui nourrit mal une
femme et quatre enfants. L'été s'écoulait
assez bien ; l'hiver, par la bise et la neige,
la position était lamentable. Le vent, sif-
flant à travers les murailles crevassées et
le toit de chaume de la cabane, glaçait
la famille à demi morte de faim. Pendant

ce temps, au fond de la forêt, le père s'é-
puisait à un travail rapportant, hélas!
trop peu.

Un jour, n'y tenant plus, il jeta au loin
sa cognée et s'écria :

« Pourquoi Dieu a-t-il si mal distribué
les biens de ce monde? Que lui en coû-
tait-il de me donner une petite métairie
que j'aurais cultivée avec amour, et qui
eût nourri ma femme et mes enfants? Je
ne suis pas ambitieux, et je me serais
contenté de trente arpents, peut-être de
vingt. Comme j'aurais fait bon usage de
ma richesse! les pauvres n'auraient point
pâti autour de moi ; j'aurais voulu être
aimé et béni de tous mes voisins. Je n'aurais été ni fier ni dur comme tous ces
mauvais riches que je connais. Mais c'est
ainsi! la richesse va aux méchants, et les
bons meurent de faim. »

Pendant que le bucheron se lamentait,

une bonne fée lui apparut et lui dit: « Je veux accomplir tes souhaits et au delà. Retourne à ta maison, entre dans ton jardin et fouille au pied du gros pommier qui est planté au milieu de la haie, tu trouveras un trésor; fais-en bon usage. »

Le bucheron se confondit en remercîments, fit à la bonne fée ses plus belles révérences, et prit à la hâte le chemin du logis.

Sa femme, en le voyant revenir les mains vides, se mit à se lamenter très-fort. « Que vont devenir mes pauvres enfants? Dieu n'est pas juste de nous faire souffrir ainsi, et la mort est préférable à notre situation.

— Tu parles comme une sotte et une impie, dit le bûcheron; suis-moi seulement au jardin, avec une bêche. »

Ils creusèrent au pied du pommier, et

trouvèrent plus d'un boisseau de belles pièces d'or.

Le bûcheron se montra modeste pendant quelques mois : il craignait que sa richesse subite ne le fît soupçonner de vol ; mais bientôt il s'enhardit, leva la tête, molesta ses voisins, méprisa ceux de sa parenté, donna des vêtements de soie à sa femme et à ses enfants, et se conduisit plus insolemment qu'aucun de ces riches qu'il avait tant blâmés.

L'année écoulée, il se rendit au lieu où la fée lui avait donné rendez-vous.

« Eh bien ! dit la fée, êtes-vous heureux ?

—Hum ! dit le bucheron, pas trop. La richesse ne suffit pas : il faut aussi un peu de considération. Croiriez-vous que mes voisins daignent à peine me saluer, moi le plus riche du village ? Faites-moi obtenir une petite charge qui m'assure le respect de ces gens, et je serai au comble de mes vœux.

— C'est bien, dit la bonne fée, tu auras la charge ; mais n'oublie pas de revenir dans un an. »

Un mois après, le bûcheron fut nommé bailli. Il usa de son pouvoir encore plus mal que de sa fortune, et se fit craindre et haïr de tout le monde.

Cependant l'année s'acheva, et le bailli retourna auprès de la fée.

« Es-tu heureux ? dit-elle.

— Un peu moins que l'année dernière. Voyez-vous, Madame, puisque vous me voulez du bien, il faut que vous me procuriez la noblesse. On a beau être riche et bailli, c'est peu de chose si on demeure roturier. Je donnerais la moitié de ma fortune pour être baron.

— Tu ne donneras rien et tu seras

comte, dit la bonne fée. Au revoir, à l'année prochaine. »

A quelques jours de là, le roi étant venu à passer, le bailli lui lut une harangue composée par la bonne fée et remplie de louanges si bien tournées, que le roi, qui aimait la louange et la littérature, l'en récompensa par le titre de comte, transmissible de mâle en mâle jusqu'à extinction de race.

Le nouveau comte se montra plus fier qu'un Montmorency.

Il n'y eut pas d'avanies et de vexations qu'il ne fît souffrir à ses vassaux. Les pauvres mouraient de faim autour de lui sans recevoir autre chose que des reproches et des insultes ; jamais on n'avait vu seigneur si vilain.

« Es-tu heureux ? lui dit la fée, l'année étant expirée.

— Vous me faites toujours la même

question, dit-il. C'est ennuyeux à la fin.
Croyez-vous qu'il soit aussi bien divertis-
sant de venir ici tous les ans entendre vos
reproches ? Je vais prendre congé de vous :
ne comptez pas sur moi l'année prochaine.

— Tu n'es qu'un rustre et un ingrat,
dit la fée en colère, et tu ne tarderas pas
à avoir de mes nouvelles. »

Quelques jours plus tard, le comte,
accusé de trahison envers le roi, fut dé-
pouillé de ses biens et de son titre, et re-
devint bûcheron.

La Providence fait bien toutes choses,
et il est inutile que les bonnes fées s'oc-
cupent de la suppléer et de corriger ses
œuvres.

LES BABOUCHES

LES BABOUCHES

Il ne faut pas se laisser emporter par l'avarice, et on doit quitter des babouches usées lorsqu'elles menacent de quitter vos pieds.

Cette vérité importante va être mise dans tout son lustre et son jour, par la très-véridique et merveilleuse histoire suivante, translatée de l'arabe avec briefs commentaires français.

Sachez donc tous qu'il y avait au Caire

un richissime marchand nommé Ali-Cassem, qui était bien le musulman le plus avare qui ait vécu sous la loi du Prophète. Ses habits, faits de pièces et de morceaux, tenaient sur son corps par miracle ; son turban n'offrait plus aucune couleur appréciable à l'œil ; mais la partie la plus curieuse de son costume, c'étaient ses babouches. Elles étaient vieilles de dix ans selon les uns, de quinze ans selon d'autres ; les semelles étaient garnies de gros clous ; quant aux empeignes, elles étaient tellement rapiécées et rapetassées que les savetiers du Caire, les plus habiles savetiers du monde, avaient à les raccommoder perdu leur latin, je veux dire leur arabe. Ces babouches étaient si connues de toute la ville qu'elles étaient passées en proverbe. On disait d'un objet lourd : Cela pèse autant que les babouches d'Ali-Cassem.

Un jour, Ali-Cassem fit deux excellents marchés : il acheta presque pour rien plusieurs caisses de verre et de flacons appartenant à un chrétien mort subitement de la peste ; après quoi, ayant appris qu'un de ses amis, négociant en parfumeries, venait d'être ruiné, il alla le consoler, et consentit, pour lui être utile, à prendre à vil prix une grande provision d'eau de rose. Ali-Cassem fit mettre son eau de rose dans ses flacons, plaça lui-même soigneusement les flacons bien bouchés sur des planches posées dans sa chambre ; puis, ayant calculé qu'il venait de gagner deux cents piastres fortes, il se frotta les mains, et se demanda quel cadeau il pourrait bien s'accorder à lui-même.

Achèterait-il des babouches neuves, ou se donnerait-il un bain tiède et parfumé ? Il se décida pour le bain, vers lequel le poussait un désir qui allait jusqu'à la démangeaison.

Il s'en alla donc aux bains publics, où il rencontra un de ses parents. Celui-ci lui fit honte de son costume, et en particulier de ses babouches, qui le rendaient la fable de la ville.

Ali-Cassem répondit qu'à la vérité ses chaussures étaient un peu vieilles; mais puisqu'elles avaient tenu jusqu'à ce jour, pourquoi ne dureraient-elles pas encore?

Mauvaise raison, bien digne d'un musulman, et donnée cependant tous les jours par des chrétiens avares à leurs malheureux locataires!

Ali-Cassem déposa son turban et ses babouches au vestiaire. Lorsque, après s'être baigné, il revint reprendre ces objets, il ne retrouva plus ses chaussures, si reconnaissables pourtant. A leur place étaient de neuves et fines babouches en cuir de Cordoue, doublées de soie rose et légèrement garnies de petits clous d'argent. Ali crut que c'était un cadeau de son parent ; il mit cette élégante chaussure à ses pieds, et s'en alla, sans plus de scrupule, à ses affaires.

Or le cadi du Caire était venu se baigner un peu après le négociant, et c'était lui qui avait laissé au vestiaire les élégantes babouches. Ses esclaves ne les ayant pas trouvées, et ayant découvert dans un coin les fameuses babouches d'Ali-Cassem, ne doutèrent pas qu'il n'eût volé leur maître. Ils se mirent à la poursuite de cet avare devenu voleur et ne tardèrent pas à l'atteindre. Impossible de nier. Quant à s'excuser et à s'expliquer, on ne lui en donna pas le temps. Il fut condamné par le cadi, juge et partie dans sa cause, à deux cents sequins d'amende.

Il dut payer, se déchausser, se rechausser, et remercier de l'indulgence extrême dont on usait à son égard.

Arrivé chez lui, il prit les babouches et les jeta dans le Nil, qui coulait sous ses fenêtres.

Des pêcheurs travaillaient justement non loin de là. Ils sentirent une résistance inaccoutumée et crurent avoir pris un gros poisson. Quel ne fut pas leur désappointement en trouvant dans leurs filets les deux babouches d'Ali-Cassem! Plusieurs mailles avaient été déchirées par les clous dont les semelles étaient garnies. Les fenêtres du négociant étaient ouvertes, et les pêcheurs furieux y lancèrent les grosses chaussures. On entendit un bruit semblable à celui que fait la vaisselle qui se brise. C'étaient les flacons d'eau de rose atteints par les babouches et dégringolant des rayons et des tablettes où ils étaient placés.

Ali, voyant ce dégât, se meurtrit la poitrine et s'arracha la barbe.

« Maudites babouches! s'écria-t-il, vous ne me causerez plus de dommage. »

Il prit une bêche et s'en alla dans son jardin creuser un trou pour y ensevelir à jamais ces malencontreuses chaussures.

Un voisin, son ami, l'aperçut et courut annoncer au pacha qu'Ali-Cassem venait, en creusant la terre, de découvrir un trésor dans son jardin.

Le pacha ne cherchait qu'un prétexte pour tirer du riche négociant un impôt illégal. Il se rendit au jardin, vit la terre fraîchement remuée, le trou, la bêche, et fut convaincu. Malgré ses protestations et ses explications, Ali dut donner une grosse somme pour sauver sa liberté.

Plaignez-vous après cela des len-
teurs de la justice européenne en géné-
ral, et de la justice française en particulier.

« Quoi ! s'écria le négociant à demi
ruiné par toutes ces amendes, je suis allé
à la Mecque et j'en suis revenu sain et
sauf ; j'ai échappé à trois naufrages, à
deux incendies et à un tremblement de
terre ; je me suis tiré des griffes de plusieurs juifs usuriers, et je ne parviendrai
pas à me débarrasser de deux babouches ! »

Il mit les chaussures dans un morceau
de vieux tapis et alla de nuit jeter le tout
dans un aqueduc, à un endroit éloigné de
la ville. Pour cette fois, pensa-t-il, je suis
sûr de ne plus en entendre parler.

Huit jours après, la désolation régnait
dans toute la ville du Caire, où la plupart
des fontaines manquaient d'eau. Des ou-

vriers chargés de réparer l'aqueduc trouvèrent les babouches d'Ali-Cassem, qui avaient été emportées par le cours de l'eau vers l'orifice de l'aqueduc, qu'elles bouchaient aux deux tiers.

Ce n'était pas une plaisanterie. Priver d'eau toute la ville du Caire! se venger sur toute une population innocente de quelques amendes légères et justement méritées!

On donna à choisir au négociant entre deux cents coups de bâton appliqués sur la plante des pieds et deux mille sequins à payer au fisc.

Naturellement il opta pour les deux cents coups de bâton.

Les juges, par humanité, réformèrent leur sentence, et le condamnèrent à recevoir cent coups de bâton et à payer mille sequins.

Bien entendu les babouches furent ren-

dues à leur maître : la justice orientale
est expéditive et sévère, mais honnête.

Imbécile que je suis ! pensa le malheureux Ali ; je vais chercher bien loin le
moyen de me débarrasser de ces babouches infernales, tandis qu'il est si simple
de les faire brûler. Une fois réduites en
cendres, je suis bien sûr qu'elles ne me
causeront plus aucune avanie.

Il alluma un grand feu et se prépara à
y jeter les vieilles chaussures ; mais elles
étaient tellement imbibées d'eau par suite
de leur séjour dans l'aqueduc, qu'elles
éteignaient les flammes qui devaient les
consumer. Ali les exposa au soleil, sur la
terrasse de sa maison, en attendant
qu'elles fussent sèches.

Sirmio, le chien favori de l'avare, étant
venu à rôder par là, aperçut les babouches
et s'amusa à jouer avec elles. Tantôt il les
poussait avec ses pattes, tantôt il les pre-

nait entre ses dents et dans sa gueule. Le résultat de ces jeux innocents fut qu'une des babouches tomba de la terrasse dans la rue et sur la tête d'une femme qui passait en ce moment, et qui en mourut de frayeur.

Le cas était grave. Le cadi, tout en plaignant Ali-Cassem, ne l'en condamna pas moins, comme possesseur de la terrasse, du chien et des babouches, à payer trois mille sequins, à savoir : mille au mari, mille aux parents de la femme et mille au sultan.

Ali, après avoir payé, prit les babouches dans ses deux mains, et les présentant au juge, s'écria d'une voix entrecoupée de sanglots : « Seigneur, je ne crains plus pour ma fortune : grâce à ces deux savates vomies par l'enfer, elle est détruite entièrement. Mais la vie me reste; si vous voulez que je la conserve, faites, je vous

en conjure, un édit par lequel il sera dé-
claré que je ne suis pas responsable des
malheurs que pourront causer ces babouches ; car, soyez-en sûr, elles en causeront encore. »

Le cadi trouva la requête juste, et
rendit l'édit qui lui était demandé.

LES

TROIS HISTOIRES

.

LES

TROIS HISTOIRES

Le cadi de Damas étant venu à mourir, il fallut le remplacer. Ce n'était pas facile. Il y a cadi et cadi, comme il y a fagots et fagots. Celui de Damas joignait à une probité hors ligne la plus grande habileté. Il était la terreur des plaideurs de mauvaise foi; quant aux assassins,

incendiaires, voleurs et escrocs, ils trem-
blaient au seul nom du juge de Damas.

Le pacha de Damas fit annoncer à son
de trompe que ceux qui désiraient la
place du défunt cadi n'avaient qu'à se
réunir au grand palais d'été. Chose
étrange et qui ne se voit qu'en Orient,
trois concurrents seulement se présen-
tèrent. Il y en avait encore deux de trop.
Le pacha, prenant la parole, dit : « La
place sera donnée à celui qui me contera
la meilleure histoire. Bien entendu, je ne
veux pas d'un récit quelconque, mais
une histoire vraie, authentique, et dans
laquelle il soit question d'un voleur
adroit découvert et puni par un plus adroit
que lui. »

Ayant ainsi parlé, le pacha s'assit sur
un coussin de soie brodé d'or, croisa ses
jambes, alluma son chibouk, et entre
deux bouffées de tabac indiqua par un

signe au plus jeune des trois prétendants qu'il pouvait commencer.

Ali s'exprima en ces termes :

« Quoique les chrétiens soient des chiens, ce n'est pas une raison pour les voler. Qu'on leur coupe la tête après les avoir vaincus en combat loyal, très-bien ! Quant à leur dérober leur bourse, un bon musulman doit s'en abstenir.

— Vous parlez d'or, Ali, dit le pacha, et la sagesse est sur vos lèvres ; mais arrivez à votre histoire. »

Ali continua :

« Un riche négociant chrétien nommé Joseph avait confié dix ballots de soie au chamelier Mustapha, qui devait les transporter de Damas à Smyrne. Comme le chrétien suivait sa marchandise, monté sur un chameau, il n'avait pas cru nécessaire de passer un contrat écrit, et toutes choses avaient été conclues verbalement. Cependant Joseph tomba malade en route et dut s'arrêter. Il arriva à Smyrne deux mois après Mustapha. Celui-ci, lorsque les ballots lui furent réclamés, prit son air le plus étonné et jura qu'il ne savait ce qu'on voulait lui dire. Est-ce qu'il avait été jamais chamelier? Est-ce qu'il avait transporté des marchandises pour le compte d'autrui?

« Le drôle avait si bien caché les marchandises et pris des précautions si adroites que le cadi de Smyrne était fort embarrassé pour le convaincre de vol. Cependant il ne laissa pas voir son embarras, donna gain de cause à Mustapha, réprimanda vertement le chrétien et le condamna aux frais du procès.

« Comme les deux plaideurs se retiraient et avaient déjà un pied hors de la salle, le cadi cria tout à coup : « Chamelier! chamelier! un mot, je vous prie. »

« Mustapha tourna la tête, revint sur ses pas et s'approcha du juge.

« —Comment! s'écria le cadi, tu prétends n'avoir jamais été chamelier, et tu réponds dès qu'on t'appelle par ce nom! Avoue ton crime, misérable, ou je vais te faire empaler tout vif. Mustapha voulut nier; mais à la vue du pal pointu et chauffé à blanc il eut peur, reconnut avoir volé les dix ballots de soie, et avoua qu'il les avait cachés chez un parent.

« Le chrétien recouvra ses marchandises, et Mustapha fut condamné à cinq ans de geôle.

— C'est bien, dit le pacha, et ton histoire est bonne. A ton tour, Yakoub. »

Yakoub était un homme dans la force de l'âge, et dont la barbe commençait

à peine à se mêler de quelques poils gri-
sonnants. Il parla ainsi :

« Le cadi de Smyrne dont vient de parler Ali était, je l'avoue, un homme sage.
Je ne sais pourtant s'il se fût tiré du mauvais pas dans lequel tomba un pauvre
aveugle, et d'où il se dégagea lui-même
et par sa seule habileté. L'histoire que je
vais vous raconter, ô redoutable pacha,
s'est passée il y a vingt ans dans cette
ville. Damas avait alors pour gouverneur
un musulman qui était loin d'avoir vos
lumières et vos vertus. Les gens volés
et lésés se défendaient eux-mêmes et
avaient le moins possible recours à la
justice. Ces temps sont heureusement
changés, et le pacha actuel de Damas est
célèbre dans toute la terre musulmane
par une sagesse qui ne le cède guère à
celle de Salomon. »

Quoique cet exorde fût plus long que

ne l'avait été celui d'Ali, le pacha ne l'interrompit point. Les pachas aiment la louange et l'encens d'Arabie.

Yakoub, après avoir disposé favorablement l'esprit de son principal auditeur, poursuivit de la manière suivante :

« Il y a vingt ans, vivait à Damas un aveugle nommé Kadour, qui avait perdu la vue dans le commerce des diamants et des perles fines. Il examinait si soigneusement les bijoux qu'il achetait et qu'il vendait, qu'à la longue ses yeux s'affaiblirent et se fermèrent tout à fait. L'intelligence, elle, ne fit qu'augmenter. Une preuve, redoutable pacha, que le corps n'est pas tout l'homme, et que l'âme est la maîtresse partie de nous-mêmes, quoique plusieurs médecins et philosophes de l'Occident affirment le contraire.

« L'aveugle, ne pouvant plus faire son commerce, s'habitua à se tenir tout le

jour dans la grande mosquée d'Omar, auprès du pilier qui est à droite au-dessus
du porche. Là, déployant son turban à
ses pieds, il recevait les offrandes qu'y
déposaient les fidèles. Comme ces au-
mônes étaient abondantes et qu'il avait
fait dans son commerce de belles économies, il se trouva en possession d'une
somme de mille sequins. A qui confier ce
trésor? Il se défiait de ses voisins, de ses
amis et encore plus de sa femme et de ses
enfants. Après y avoir réfléchi, il se décida à cacher ses mille sequins dans un
coin retiré de la mosquée où personne
n'allait, sous une petite dalle qu'il avait
appris à ôter et à remettre à volonté.
Malheureusement il allait tâter trop souvent son trésor, et il fut vu un jour par
quelqu'un qui emporta le magot. Lorsque
Kadour trouva sa cachette vide, il se
livra au désespoir et s'arracha le peu de

cheveux qui lui restaient. « Eh quoi ! il y avait des hommes assez méchants pour voler dans le lieu saint les économies d'un pauvre aveugle ! Quel sacrilége abominable ! A quoi Dieu employait-il la foudre, s'il ne s'en servait pas pour punir de tels forfaits? »

« Cependant, s'étant calmé, Kadour résolut d'aviser.

« Au lieu d'aller lui-même à tâtons à la mosquée, il s'y fit conduire par son petit-fils, âgé de dix ans, à qui il donna préalablement ses instructions.

« — Mon enfant, lui dit-il, tiens-toi toujours à mes côtés et examine bien tous ceux, hommes et femmes, qui passeront devant moi. Remarque si quelqu'un ne me regarde pas d'un certain air et ne fait pas un signe ou un geste quelconque. »

« L'enfant, qui était futé, obéit exactement à son grand-père.

« Quand ils furent de retour au logis, l'aveugle demanda à son conducteur s'il n'avait rien remarqué.

« — Père, répondit l'enfant, j'ai vu un homme qui, en passant près de nous, vous a regardé fixement et a souri comme pour se moquer.

« — Et cet homme, le connais-tu?

« — Je ne sais pas son nom; mais je le connais de vue. C'est un orfèvre qui demeure près de la fontaine ombragée par un palmier. »

« L'aveugle ne douta pas que l'homme qui avait souri en passant près de lui ne fût un ancien collègue en joaillerie nommé Osman. Il se fit mener chez lui et demanda à l'entretenir en secret.

« — Mon cher Osman, lui dit-il quand ils furent seuls, vous êtes l'homme de

Damas en qui j'ai le plus de confiance.
Rendez-moi donc un service. J'ai deux
mille sequins que je réserve pour mes
vieux jours, et dont je veux cacher l'exis-
tence à ma femme et à mes enfants.
Veuillez, je vous prie, les accepter en
dépôt. Je n'ai besoin ni de quittance ni
d'écritures : votre parole me suffira, et
tout se passera entre nous deux. Seulement, gardez-moi bien le secret : personne ne voudrait plus me faire l'aumône
si on soupçonnait que j'ai quelque argent
en réserve. Mille de mes sequins sont
dans un coffre-fort dont je porte la clef
sur moi; les mille autres se trouvent sous
une certaine dalle et dans une cachette
connue de moi seul; j'irai, pas plus tard
que demain, les chercher, et je vous ap-
porterai le tout. »

« Osman remercia l'aveugle de la confiance qu'il lui donnait, jura qu'il la mé-

ritait par sa probité et son dévouement, et promit d'être un dépositaire discret, désintéressé et fidèle.

« A peine l'aveugle fut-il éloigné, qu'Osman courut à la mosquée reporter l'argent qu'il y avait pris. Il ne faut pas, dit-il, effrayer et décourager ce bonhomme, et deux mille sequins valent mieux que mille.

« Le lendemain, l'aveugle entra dans la mosquée dès que les portes en furent ouvertes, et se dirigea vers la dalle. Quoique cette dalle fût peu lourde, il trembla en la soulevant. S'était-il trompé en regardant Osman comme celui qui avait dérobé son trésor? Si Osman était le voleur, s'était-il décidé à remettre les mille sequins à leur place?

« A défaut des yeux, l'aveugle s'assura bientôt avec ses dix doigts que toutes ses conjectures étaient fondées, et que son plan avait réussi : la précieuse bourse était sous la dalle.

« Osman attendit longtemps les deux mille sequins de Kadour; il les attend encore.

— Yakoub, dit le pacha, cet aveugle vit-il encore?

— Non, seigneur, répondit Yakoub, il est mort il y a dix-huit mois.

— C'est dommage! je l'aurais fait entrer dans mon conseil, où se trouvent certaines gens qui ont de bons yeux, mais peu de cervelle. A toi maintenant de parler, Sadi. »

Sadi, le troisième prétendant, était un vieillard qui touchait à quatre-vingts ans. Ce grand âge ne l'exemptait pas d'ambition, et il souhaitait vivement d'être cadi.

« Seigneur, dit-il, Allah a bien fait toutes choses. Il a donné la force et le courage à la jeunesse et à l'âge mûr. Il convient qu'un soldat soit jeune et qu'un chef d'armée n'ait guère dépassé le milieu de la vie. Il n'en est pas ainsi des juges : la prudence et la science qui leur sont indispensables ne s'acquièrent que par l'expérience ; aussi les meilleurs cadis sont-ils les plus vieux. Je ne dis pas cela dans mon intérêt, mais dans celui de la vérité. Voici mon histoire : « Kosrou, un dévot musulman d'Alep, étant sur le point de partir pour la Mecque, déposa chez un de ses amis connu par sa probité et sa piété un coffret de bois contenant de la poudre d'or, des diamants et des perles. De retour de son pèlerinage, il alla chez son dépositaire le prier de lui rendre son coffret. Le dépositaire infidèle, affectant l'étonnement et l'indignation, le chassa honteusement.

« — Eh quoi! s'écria ce fripon, c'est

ainsi que vous profitez des grâces d'Allah
et des bénédictions du Prophète ! Un
homme qui vient de visiter la Kaaba ose
réclamer à son frère ce qu'il ne lui a jamais confié ! Allez ! allez ! vous méritiez
de mourir en route, comme tant d'autres
pèlerins, au lieu de revenir nous scanda-
liser de la sorte. »

« Le pauvre Kosrou s'adressa au cadi
d'Alep. Malheureusement ce juge était
jeune et, par conséquent, inexpérimenté.
Il donna raison au dépositaire infidèle, et
Kosrou, injurié et volé, faillit encore être
bâtonné par ordre du cadi. Sa qualité
de pèlerin le sauva de ce dernier ou-
trage.

« Kosrou avait une tante que la mort
paraissait oublier, tant elle était vieille.
Jemmida alla voir son neveu, le consola,
l'encouragea, et promit de lui faire re-
couvrer son coffret s'il voulait avoir con-

3*

fiance en elle et exécuter ses ordres de point en point. Kosrou était un homme sage, convaincu que la prudence est le lot des vieillards ; il assura donc à Jemmida qu'il ferait tout ce qu'elle lui dirait.

« — Eh bien ! dit-elle, procure-toi dix grands coffres de bois cerclés avec de fortes bandes de fer, et fais-les remplir de sable, de pierres, de pots cassés et autres choses aussi précieuses. Viens me trouver ensuite avec tes coffres et six hommes étrangers au pays et à qui tu promettras une bonne somme pour leurs services. »

« Kosrou se procura dix coffres de bois cerclés de fer, les fit emplir de sable, de pierres, de pots cassés, les mit sur trois chariots attelés chacun de deux buffles et se présenta avec ce cortége au logis de sa tante.

« Il n'avait point oublié les six étrangers dont elle lui avait parlé. Trois Français et trois Espagnols l'accompagnaient et l'aidaient à conduire les chariots.

« Jemmida sortit et dit à son neveu : « Suis-moi d'un peu loin avec ces six chariots. Je vais entrer chez le dépositaire infidèle. Vous resterez à la porte et ne paraîtrez que lorsque je vous en aurai donné le signal. »

« La vieille femme entra chez le fripon et demanda à lui parler en particulier.

« — Seigneur, dit-elle lorsqu'ils furent assis, le monde a toujours été bien mauvais ; mais je crois qu'il empire chaque jour. Alep particulièrement est une ville corrompue, et qui aurait sans doute été traitée comme Sodome et Gomorrhe s'il ne s'était pas trouvé une dizaine de justes dans son sein. Soit dit sans vous

flatter, vous êtes un de ces dix justes.
Aussi viens-je à vous en toute confiance.
Il y a ici six chrétiens forcés de retourner
pour un temps dans leur pays. Ils ont
mis toute leur fortune dans dix coffres
de bois cerclés de fer et m'ont priée de
garder ce dépôt en leur absence. Je suis
si âgée que ce serait folie à moi de compter sur le lendemain. D'ailleurs, ma maison est trop petite, et je ne saurais où loger ces coffres. Comme je voulais obliger
pourtant ces chrétiens, je leur ai promis
de trouver un homme probe qui consen-
tirait à devenir leur dépositaire, et naturellement j'ai songé à vous. »

« A ce récit le fripon ne se sentit pas
d'aise.

« — Jemmida, dit-il, j'avais toujours
entendu dire que vous étiez la plus sainte
femme d'Alep et peut-être de la Syrie ;
maintenant j'en suis sûr. Savez-vous que

je me suis souvent représenté la mère du Prophète avec vos traits? Je ferai pour vous, sainte femme, tout ce qui sera en mon pouvoir. Dites à ces chrétiens d'amener ici leurs coffres; ils y resteront intacts et seront pour moi comme s'ils étaient remplis de sable et de cailloux. »

« Jemmida sortit alors et fit signe à deux chrétiens, qui entrèrent en portant l'un des coffres. Un peu après les quatre autres chrétiens suivirent, accompagnés de Kosrou. Le dépositaire, en apercevant ce dernier, trembla qu'il ne lui fît des reproches et des réclamations qui gâteraient tout. Il se hâta d'aller à sa rencontre, et lui dit avec un visage riant et d'un ton bienveillant : « Eh quoi! vous voilà, cher ami; qu'il me tardait de vous revoir! Vous venez, n'est-ce pas, me demander le coffret précieux que vous m'a-

viez confié pendant votre voyage? il est
à vous. Je cours vous le chercher. »

« Quelques minutes après, Kosrou s'en
allait joyeux, emportant son coffret. Les
chrétiens déposèrent leurs coffrets avec
des précautions infinies dans les caves du
fripon. Quelques jours plus tard, et quand
il crut les chrétiens partis, le dépositaire
s'arma d'un marteau et d'une pince, et
alla, pendant la nuit, faire sauter les
bandes de fer qui entouraient les coffrets.
Il trouva assez de sable et de pierres pour
bâtir une maison.

« Il ne tarda pas à en mourir de honte
et de chagrin.

— Peste ! dit en arabe le pacha de
Damas, c'était une maîtresse femme que
cette Jemmida. L'avez-vous connue, Sadi ?

— Seigneur, répondit Sadi, c'était
ma mère, et j'ose dire que j'ai hérité de
sa sagesse. »

Le pacha ôta le chibouk de ses lèvres, se caressa la barbe, donna un coup pied au petit nègre qui le servait, et dit: « C'est vous, Sadi, qui serez cadi de Damas. Vous entrerez demain en fonctions. »

FIN

TABLE

8285. — Tours, impr. Mame.

www.ingramcontent.com/pod-product-compliance
Lightning Source LLC
Chambersburg PA
CBHW071109260626

47162CB00006B/2272